Fantasia sottomessa

Collezione di dominazione erotica

Erika Sanders

Titolo
Fantasia Sottomessa
Di
Erika Sanders
Serie
Collezione di dominazione erotica

Sinossi

5

Feci un respiro profondo e lentamente lo soffiai, leccandomi le labbra secche.

Aveva il controllo solo per un'ora?

O almeno l'opzione di andarsene?

L'ho sentito muoversi per la stanza, la TV si è riaccesa ... rendendosi conto che stava aspettando che mi mettessi comodo.

Chiusi gli occhi, non che importasse, dato che non riuscivo comunque a vedere attraverso la benda ...

Fantasia sottomessa è un romanzo con un forte contenuto di BDSM erotico e, a sua volta, un nuovo romanzo appartenente alla collezione di Dominazione Erotica, una serie di romanzi con un alto contenuto di BDSM romantico ed erotico.

(Tutti i personaggi hanno almeno 18 anni)

Nota sull'autrice

Erika Sanders è una scrittrice di fama internazionale, tradotta in più di venti lingue, che firma i suoi scritti più erotici, lontani dalla sua prosa abituale, con il suo cognome da nubile.

Indice

FANTASIA SOTTOMESSA
DI
ERIKA SANDERS

CAPITOLO I

"Ora sei davvero nei guai."

Sbuffai piano.

Era un suono molto poco femminile, ma per il momento, l'unica cosa a cui riusciva a pensare era cosa sarebbe successo dopo.

Avevo davvero letto le righe tra tutte le nostre e-mail?

Dalle chat online?

Delle telefonate notturne?

Forse avrebbe dovuto essere più sottile.

È quello che dicono tutte le riviste, giusto?

I ragazzi hanno bisogno che io dica loro cosa fare.

Rilassati, Debbie.

Il sussurro contro il mio orecchio mi fece saltare.

"È facile per te dirlo, Harry."

"Shh. Torno."

Feci un respiro profondo e lentamente lo soffiai, leccandomi le labbra secche.

Aveva il controllo solo per un'ora?

O almeno l'opzione di andarsene?

L'ho sentito muoversi per la stanza, la TV si è riaccesa ... rendendosi conto che stava aspettando che mi mettessi comodo.

Chiusi gli occhi, non importava, dato che non riuscivo comunque a vedere attraverso la benda, e ci avevo pensato proprio questa sera prima ...

CAPITOLO II

Sollevai il cellulare ed espirai.

Il mio dito passò sopra il pulsante INVIA, i miei occhi incollati alle due parole sullo schermo: sono QUI.

Feci un respiro profondo e suggellai il mio destino, pregando che i miei nervi si calmassero, che non mi sentissi più nausea.

Non si poteva tornare indietro ora.

Il suono di una sciacquone soffocò il suono di un telefono vicino.

Un attimo dopo, la porta davanti a me si aprì e i miei nervi si ingrandirono.

"Resterai lì tutta la notte?" Disse con calma.

La voce profonda proveniva dalla porta illuminata.

Harry

Non ho più dovuto chiudere gli occhi per immaginarlo.

Le sue spalle larghe sporgevano un piede sopra di me, avvolte in una camicia abbottonata con le maniche arrotolate ai gomiti.

I suoi occhi di ossidiana guardarono i miei con uno sguardo luminoso.

Le sue grandi mani afferrano la cornice e la porta mentre si sporge in fondo al corridoio verso di me.

Il nostro ultimo e primo incontro si era tenuto in una danza a tema gangster e cabaret una settimana prima.

Il mio terreno, i miei amici, la mia zona di comfort.

Era stato facile innamorarsi del suo fascino, il modo in cui mi abbracciava quando ballavamo lentamente.

Il modo in cui ha rovesciato il cappello in feltro nel parcheggio prima di baciarmi leggermente, le sue dita mi toccavano a malapena la guancia.

Il modo in cui mi aveva sussurrato all'orecchio che la mia decisione di vestire il gangster lo aveva eccitato.

Le mie ginocchia si piegarono mentre premeva contro il mio fianco, mostrando la sua eccitazione.

Ci sono volute tutte le mie forze che posso attingere da me stesso per i prossimi sette giorni, specialmente al lavoro.

Le nostre chat su internet e telefoniche a tarda notte non hanno aiutato.

Allora perché ero così spaventato?

Mi stavo arrendendo al momento in cui avevo fantasticato per tutto questo tempo ...

"Debbie?" Aprì la porta e uscì nel corridoio, con gli angoli della bocca verso il basso. "Sei bravo?"

Ho fatto un passo indietro contro il muro, tenendo la mia borsa da sera dietro la spalla.

È un errore.

Non avrei dovuto venire.

Cosa stavo pensando?

Aspetta, non stavo pensando.

Me ...

Le sue dita mi sfiorarono la guancia mentre mi sollevava il mento.

"Okay. Non aver paura."

"Chi sono io?" La mia voce sembrava tremante e per nulla sicura, sebbene sorridessi.

Il suo cipiglio si fece più intenso.

Preoccupazione e delusione mostrate nei suoi occhi scuri.

"Non vuoi farlo?"

"Sì. Starò bene."

Mi allontanai dal muro, marciando verso la tana del leone.

La porta si chiuse sbattendo alle mie spalle, facendomi saltare mentre scrutavo i dintorni.

Era una camera d'albergo standard con una vasca idromassaggio a sinistra, un bar lavanderia in un'alcova a destra e una suite a vista aperta con due lampade e un orologio digitale su tavolini che fiancheggiavano il letto solitario.

Un divano, un tavolo, due sedie e una cassettiera bassa con una televisione fissata sopra i mobili.

Uncool.

Ma poi, non è stata un'occasione speciale.

Bene, non uno per cui affitteresti una camera d'albergo di lusso, come per una luna di miele.

Un lieve sbuffo sfuggì al mio ultimo pensiero.

No, niente di importante come quello.

Ci fu un tiro sul braccio e sbattei le palpebre.

I miei occhi si sollevarono per incontrare i suoi, e il suo sorriso dolce allentò un po 'la tensione.

"Lasciami prendere la borsa."

Allentai la presa sul cinturino, guardandolo mentre posizionava la sacca da viaggio sul comò sotto lo schermo TV illuminato ma silenzioso.

Ha premuto un pulsante sul telecomando e lo schermo è diventato nero.

Ora eravamo davvero solo noi due.

I piccoli suoni ora sembravano amplificati.

Il fischio sommesso del climatizzatore.

Il ronzio della luce sopra le nostre teste.

Rumore di ghiaccio nella macchina appena fuori dalla stanza.

Il gorgoglio dell'acqua nella vasca idromassaggio ad angolo accanto al letto.

Bene, forse dopo tutto non è una camera d'albergo così standard.

Il cuore mi batteva nelle orecchie.

Ho cercato di mantenere il respiro regolare, ho cercato di concentrarmi sull'intera situazione.

In quello che stavo facendo.

Sul perché lo stavo facendo.

Un lieve gemito mi sfuggì quando pensai al possibile risultato finale e qualcosa si strinse nelle mie viscere.

Debbie, siediti.

Mi prese la mano e mi guidò a letto.

La mia pelle formicolava dal contatto.

Le mie ginocchia si piegarono automaticamente e poi mi riposai sul bordo.

La mia bassa statura mi ha reso difficile sedermi ed essere ancora in grado di toccare il tappeto.

"Sei bellissima stasera."

Sbattei le palpebre e inclinai la testa verso di lui.

Nessuno mi aveva mai chiamato bello tranne i miei genitori.

I suoi occhi si concentrarono sull'abito che aveva scelto per la palla di stasera, una gonna di seta rossa con una stampa rosa e un corpetto nero senza maniche che offriva un'ampia scollatura.

Era uno dei miei preferiti, soprattutto perché mi sentivo bella, nonostante il mio piccolo corpo.

Un sorriso disegnò le mie labbra, felice che gli sarebbe piaciuto anche a lui.

"Io-mi dispiace. Sono solo un po '..."

"Va bene lo capisco". Si sedette accanto a me, tenendo ancora la mia mano.

Per diversi minuti, l'unico rumore che abbiamo fatto è stato il nostro respiro, il suo normale, il mio ha vacillato.

Come puoi essere così calmo?

Ho tenuto lo sguardo in grembo, deglutendo pesantemente come quando le vagavo in grembo ... Ho visto il leggero nodulo lì.

Di tanto in tanto mi stringeva la mano.

Alla fine, quando mi sentii calmo, alzai gli occhi sul suo viso.

Mi stava guardando.

Gli angoli della sua bocca erano ora alzati.

"Ti bacerò, okay?"

Ho inclinato il mento in risposta, e poi la sua mano mi ha stretto la mascella, avvicinandomi.

I miei occhi si chiusero quando le sue labbra calde toccarono le mie.

All'inizio si toccarono leggermente e poi mi strinsero più forte.

Gli strinsi la mano, aspirando aria, piccole urla di sorpresa mi giunsero alle orecchie.

La sua mano scivolò sulla parte posteriore della mia testa, le sue dita sepolte tra le ciocche dei miei capelli.

Quando la sua lingua mi tirò la bocca, io rabbrividii.

Quando mi morse il labbro inferiore, ansimai.

E quando la sua lingua scivolò dentro, scuotendomi la lingua, gemetti.

Harry continuò a stringermi la bocca con la sua fino a quando le nostre lingue ballarono, assaporando, e i miei gemiti diventarono più frequenti.

Prese la mia mano dalla mia e rilasciò la clip che conteneva le mie increspature marroni.

Le dolci onde mi caddero sulle spalle, sussurrandomi contro le orecchie e le guance prima di allontanarle per poter tenere la testa più ferma.

La mia mano trovò la sua coscia e la strinse, provocando un gemito da parte sua.

I nostri corpi si girarono l'uno contro l'altro, i nervi si allentarono mentre mi aiutava a scivolare sulla trapunta.

Quando mi sono appoggiato all'indietro contro i cuscini, ho sospirato e l'aspettativa ha sostituito l'ansia nei muscoli tesi.

Le sue dita mi accarezzarono le guance, la fronte e il collo, torcendomi attraverso le trecce mentre muoveva la bocca contro la mia.

Era gentile ma fermo.

In controllo, ma neanche di fretta.

Le mie dita si sollevarono per tracciare i contorni del suo collo, attraverso la leggera barba sulla sua mascella, fino ai suoi capelli mossi, tenendo la testa.

Quando le sue dita scivolarono sulla mia spalla, sopra l'ampia cinghia del corpetto del mio vestito e mi sfiorarono il braccio nudo, trattenni il respiro nella mia bocca.

Anche attraverso il vestito e il reggiseno, poteva sentire il calore del suo tocco.

Desideravo ardentemente che mi prendesse il petto, per alleviare la pressione che avevo provato da quando ci eravamo conosciuti.

Era così vicino, ma sembrava evitare di proposito quella zona.

"Hai un sapore così buono." La sua bocca coprì ancora una volta la mia prima di spostarmi sul mento, sulla mascella e dietro l'orecchio prima di sistemarmi nella curva del mio collo.

Il suo naso mi ha accarezzato, la sua lingua mi lecca la carne.

Feci un respiro profondo e rilasciai lentamente l'aria con un gemito.

"Hai un odore incredibile."

Sibilai, la pelle mi formicolò quando la devastò.

"Per favore, non fermarti. Hmm."

"Non ho intenzione di farlo." La sua voce sembrava ovattata mentre succhiava delicatamente, rosicchiando e poi leccando con i dolori acuti che ne derivavano.

Gli afferrai le braccia, ancorandomi a lui.

Il suo corpo caldo premette contro il mio fianco, accendendo scintille sotto la mia pelle.

Volevo metterlo sopra di me, ma non avevo l'energia.

O il coraggio di prendere l'iniziativa.

La sua bocca fece atterrare baci di farfalla sulla mia spalla e sulla mia gola.

Quando si è ritirato, ho aperto gli occhi.

I suoi occhi erano fissi, ma non sul mio viso.

Continuai per la sua strada e rimasi senza fiato quando vidi l'oggetto della sua concentrazione: il rapido aumento e la caduta del mio seno che spingevano contro i limiti della scollatura del vestito.

Il mio sguardo tornò sul suo viso appena in tempo per vederlo leccarsi le labbra.

"Se vuoi che mi fermi, ora sarebbe il momento ..."

"No no no". Strinsi gli occhi e un brivido mi attraversò pensando che tutto potesse finire così in fretta.

La sua unica risposta fu una dolce risata, e poi le sue labbra mi sfiorarono di nuovo la gola.

Lentamente e metodicamente, hanno coperto ogni centimetro di pelle.

A volte la lingua gli si apriva, facendomi rabbrividire.

Il mio respiro si fermò più volte mentre mi spostavo più in basso.

Quando le sue labbra accarezzarono il gonfiore sul petto, mi afferrai la gonna, il mio corpo si inarcava di mia spontanea volontà.

La parte piatta della sua lingua accarezzò il bordo sopra il mio reggiseno di raso nero e la sensazione di calore umido mi bruciò.

Si mosse, mise un braccio sul mio addome e girò la testa.

Il mio naso è sepolto tra i suoi capelli.

Puzzava un po 'come una fresca lozione dopo il lavaggio e espirai con un sospiro.

La mia concentrazione si spostò quando sentii il suo dito strisciare lungo la curva della mia scollatura, precipitando nello spazio tra i miei seni prima di scivolare sotto il bordo del reggiseno.

La sua lingua seguì e un gemito si levò dal fondo della mia gola.

I miei capezzoli erano così duri che mi facevano male.

Se solo ...

Il mio corpo si contorse, spingendolo a scendere un po 'più in basso, dove volevo.

Dove ne avevo bisogno.

Quando ho spostato la mia mano, cercando letteralmente di prendere le cose tra le mie mani per alleviare il dolore, si è mosso di nuovo e mi ha afferrato il braccio, sollevandolo sopra la mia testa.

Si alzò abbastanza da liberare il mio braccio sinistro da sotto di lui e lo collegò al mio braccio destro.

Tenendo entrambi i polsi con la mano destra, abbassò di nuovo la bocca sul mio petto e continuò ad adorare la mia pelle ora in fiamme.

"Per favore ... oh, per favore, Harry ..." mormorai oltre i lamenti che mi tirò fuori.

"Che cosa vuoi, Deb?" Il suo respiro sfondò la barriera del reggiseno e mi fece soffrire ancora di più. "Dimmi quello che vuoi."

"Oh ..." La mia mente era offuscata e improvvisamente mi sentii di nuovo in imbarazzo.

Perché non riesci a capire cosa ti sto chiedendo?

"Questo potrebbe essere?" Le sue dita mi sfiorarono il fondo del petto e io gemetti. "Sì, penso che sia quello che vuoi."

Scherzò di nuovo e alla fine la sua mano mi prese per il petto, stringendomi dolcemente.

Il suo pollice sfiorò il capezzolo.

Anche attraverso il materiale del reggiseno, ha inviato onde d'urto attraverso tutto il mio corpo.

"Oh Dio!"

I miei occhi si spalancarono e trattenni il respiro, fissando il soffitto, ma non vedendo nulla, godendomi il fatto che alla fine mi avesse toccato dove avevo bisogno di lui.

Rimasi senza fiato quando sollevò la sua mano e fece scivolare un dito sotto il bordo del mio reggiseno e me lo passò sopra e ancora direttamente sul capezzolo.

Il calore si precipitò e si accumulò tra le mie gambe.

Il mondo si è calmato.

Le sue labbra mi sfiorarono l'orecchio, il suo respiro bruciava e mi faceva ancora rabbrividire.

Il respiro mi si bloccò in gola mentre la sua mano scivolava più in profondità nel mio reggiseno per avvolgermi completamente.

Sentii la sua pelle un po 'ruvida mentre mi impastava il petto, facendo rotolare il mio capezzolo tra il pollice e le altre dita.

Mi voltai verso di lui, la mia bocca cercava la sua.

Gemette, premette le sue labbra sulle mie e mi spinse di nuovo sulla schiena.

Mi sono mosso sotto di lui, facendo eco al suo gemito mentre la sua lingua scorreva sulla mia bocca e giocava con la mia lingua.

Mi strinse ancora una volta il petto e poi ritirò la mano.

Lasciò il mio polso sinistro, mi fece scivolare una mano sulla spalla e mi strinse il braccio e il reggiseno.

L'aria fredda mi sfiorò il petto ormai nudo.

Il mio capezzolo si strinse dolorosamente.

Era senza fiato, tremava, quando le sue dita scivolarono lungo il mio braccio e lentamente lo sollevarono di nuovo sulla mia testa.

Quando l'ho sentito legare qualcosa al mio polso, ho fatto uno scatto automatico.

"Harry?"

"Sì, Debbie?" È venuto a baciarmi sul braccio e sul petto, succhiandomi il capezzolo in bocca.

"Oh!" Dimenticavo quello che gli avrei chiesto, i miei nervi si schiarirono con quella semplice azione e mi inarcai contro di lui.

Ridacchiò, stuzzicandomi il capezzolo con la lingua mentre si arrampicava su di me e mi liberava l'altro polso.

Quando ha scoperto il mio seno destro, ha spostato la sua bocca da quel lato mentre mi ha messo di nuovo la mano sulla testa.

Feci fatica a deglutire, guardandolo legare il mio polso destro.

"Sei così sexy". I suoi occhi erano luminosi mentre si sedeva accanto a me, guardando il mio petto nudo, il mio vestito e il reggiseno appena sotto il mio busto.

Mi tirai delicatamente i polsi e ingoiai la tensione.

C'era abbastanza gioco per rilassare le braccia contro i cuscini, ma non abbastanza da potermi sciogliere se volevo.

"Non pensavo che avresti ricordato."

Che cosa era successo alla mia voce?

Sembrava molto rauco.

"Oh, mi ricordo. Ricordo tutto."

Quel sorriso pigro, quel tono profondo, quell'improvviso sguardo scuro nei suoi occhi mi fece battere il cuore.

La mia mente corse a ricordare tutto ciò di cui avevamo discusso ... e mi chiedevo se avevo dimenticato di menzionare qualcosa.

Ma ho perso la concentrazione quando mi ha raggiunto sotto la schiena, ho slacciato le mollette sul reggiseno e ho fatto scivolare via la cerniera dal mio vestito.

Ho tenuto gli occhi su di lui, vedendo un apparente fascino nei suoi occhi mentre mi scuoteva il vestito, rivelando sempre più il mio corpo nudo.

Trattenne il respiro quando rivelò le mie mutandine di raso nero.

Mi avvicinai a lui e lui si fermò, afferrandomi per i fianchi e facendo scorrere i pollici avanti e indietro sulla mia pelle coperta.

Riprendendo la mia nudità, il raso sulla mia gonna mi sfiorò le gambe nude, quindi gettò da parte il vestito.

Le sue dita scivolarono sui miei polpacci, fino alle mie ginocchia, e poi di nuovo giù per slacciarmi e togliermi i tacchi alti.

Ho avuto un'improvvisa ondata di coraggio.

Mi passai lentamente la punta della lingua lungo il labbro superiore e muovei i fianchi.

"Quindi ti piace quello che vedi?"

I suoi occhi si alzarono verso i miei e giuro di aver visto un lampo di fuoco in loro.

Non parlò, ma fece scivolare le dita sotto il bordo delle mie mutandine e le abbassò lentamente.

Ho deglutito, rendendomi conto che ero davvero preoccupato che gli piacesse quello che stava vedendo.

L'aria fredda mi sfiorò e non potei fare a meno di premere le mie cosce, gemendo e contorcendomi mentre mi guardava.

Alcune volte, alzò la mano come per toccarmi lì, ma la sua mano tornò in grembo.

Vorrei poter leggere la tua mente.

Allungò una mano nella tasca posteriore e poi si appoggiò a me, sfiorando le sue labbra contro le mie.

"Sei bravo?"

Feci un paio di respiri profondi e poi sorrisi.

"Sì sto bene."

I suoi occhi incontrarono i miei e mi sorrise.

"Bugiardo."

Le sue mani si spostarono sul mio viso.

Un panno morbido mi coprì gli occhi, bloccando la luce e assicurandomi l'elastico sopra la mia testa.

Il mio respiro si fermò.

Non potevo evitarlo.

Aveva ragione.

Una parte di me era preoccupata di essere andata troppo in profondità.

L'avevo voluto.

Ma una volta perso il controllo, i nervi sono tornati e avevo paura.

Non necessariamente Harry, ma cosa avrebbe fatto ... o non avrebbe fatto.

Sembrava averlo fatto prima.

E se non all'altezza delle tue aspettative?

CAPITOLO III

Il che ci riportò sdraiato sul letto, completamente nudo, con gli occhi bendati e le mani legate alla testiera.

Harry era seduto o in piedi in un'altra parte della stanza ad ascoltare ripetizioni di Law and Order.

Dubitavo moltissimo di guardare la televisione.

Potevo davvero sentire i suoi occhi su di me.

E non era quella sensazione imbarazzante quando sai che qualcuno ti sta guardando e si chiede perché e poi si guarda nervosamente in giro cercando di individuare il colpevole.

Invece, sentii il calore diffondermi attraverso di me, felice di trovarmi degno di essere guardato.

Passarono alcuni minuti, la serie passò a una pubblicità e, in sottofondo, sentii il chiaro clic della porta della camera d'albergo aprirsi e chiudersi.

"Harry?"

Non c'è stata risposta.

Ho cercato di non farmi prendere dal panico, ma non ho potuto fare a meno di tirare le mie restrizioni.

Non ho sentito nessun altro nella stanza, il che è stato positivo.

Ma comunque ...

I miei pensieri mi sorpassarono quando sentii riaprire la porta.

Trattenni il respiro, sentii il tintinnio di ghiaccio in un bicchiere e il sibilo di una lattina aperta.

Il calore di un altro corpo sfiorò il mio fianco destro e il letto affondò sotto il peso di qualcuno seduto.

Rimasi senza fiato mentre un palmo freddo mi sfiorava il capezzolo destro.

"Ti sono mancato?"

Emisi un respiro traballante, sollevato nel sentire la voce di Harry.

"Dimmi qualcosa la prossima volta che parti!"

"Scusa. Non volevo spaventarti."

Le sue labbra sfiorarono le mie.

Sentii l'odore della coda sul suo respiro.

Le nostre lingue flirtarono per un momento, poi si appoggiò allo schienale.

"Dovremmo iniziare?"

Sorrisi, rilassandomi contro i cuscini.

L'ho sentito posare il bicchiere e poi ha iniziato a frugare sotto la mia testa, tirando giù la trapunta e le coperte.

La mia pelle si rizzò, facendomi venire la pelle d'oca, mentre le sue mani sfioravano il mio corpo.

Ho aiutato il più possibile nella mia posizione sollevando il mio corpo.

Quando ero già disteso da solo sulle lenzuola fredde, il peso del letto cambiò di nuovo e la televisione divenne silenziosa.

"Non vedi niente, vero?"

Inclinai la testa in avanti, su entrambi i lati, e poi mi rilassai di nuovo.

"No niente."

"Allora divertiti. E non una parola."

Annuii e piegai polsi e dita.

Sapevo che mi stava guardando di nuovo e il calore si era accumulato tra le mie gambe.

Ho spostato i fianchi, le dita dei piedi e poi ho ruotato le caviglie.

Qualunque cosa per farmi distrarre.

Le mie labbra improvvisamente si seccarono e le leccai, deglutendo e trovando anche la mia bocca asciutta.

Mi sono costretto a respirare normalmente, ascoltando eventuali suggerimenti su cosa avrei potuto fare.

Il condizionatore d'aria si spense e poi sentii il suo respiro uniforme.

Ma anche così, non mi ha toccato.

Dopo qualche altro minuto, i miei muscoli si rilassarono e le gambe si allargarono leggermente.

Il suo respiro si bloccò e io sorrisi.

Mi chiedevo se ti stessi masturbando, ma sicuramente avresti sentito qualche indicazione di ciò.

Gli avrei chiesto se tutto andava bene quando l'ho sentito.

È stato un tocco molto leggero, direttamente sui miei due capezzoli.

Gemetti quando si indurirono.

La sensazione si spostò verso il basso, seguendo la curva sotto il seno e fuori ai lati.

Era decisamente una piuma, la pienezza mi sfiorava la pelle come le punte delle dita più morbide.

Si spostò sul mio addome, delineando le mie costole, circondando il mio ombelico.

I miei fianchi sobbalzarono mentre la punta sfiorava la zona inguinale dove la mia gamba si univa al mio corpo.

Rabbrividii, piangendo.

Ripeté il movimento, muovendosi sul mio fianco e lentamente indietro di nuovo, seguendo la linea del mio bacino.

Mi stavo contorcendo quando ha fatto scorrere il piano della penna sulla parte superiore della mia coscia sinistra.

La pelle d'oca si sollevò sulla schiena e allargai le gambe più larghe, usando i piedi per guadagnare forza contro il letto per sollevare.

Harry ridacchiò.

"Pazienza, Deb."

Ma ha fatto scivolare la piuma lungo l'interno della mia coscia, sotto il ginocchio e il polpaccio.

Ridacchiai quando mi solleticò la parte inferiore del piede.

È cambiato per funzionare alla mia destra.

Potevo sentire il calore del suo corpo appoggiarsi sulle mie gambe.

La piuma ha tracciato lo stesso motivo sull'altra gamba, ma all'indietro.

Dal piede al polpaccio, sotto il ginocchio e sopra la coscia, attraverso il bacino e le costole.

Inarcai la schiena e gemetti piano mentre i miei capezzoli sfioravano la manica arrotolata della sua camicia.

"Ehi, non imbrogliare!"

Ho sorriso e mi sono leccato le labbra, ma mi sono comportato e mi sono sdraiato.

Si allontanò e lo sentii muoversi sopra la mia testa.

La penna tracciava la parte inferiore del braccio destro sul polso e mi sfiorava le dita.

Ha disegnato dei cerchi sul mio palmo aperto prima di ridiscendere sul braccio.

La punta mi spazzò la spalla, lungo la clavicola e attraverso la gola.

Appoggiai la testa a sinistra contro il cuscino e sospirai mentre tracciava dei disegni sul mio collo e mi stuzzicava l'orecchio.

Quando mi fece scivolare la piuma sotto il mento, inclinai la testa dall'altro lato e sospirai di nuovo mentre ripeteva gli stessi movimenti su tutto il collo, sopra la spalla, sul braccio sinistro e sulla mano.

Mossi le dita, la penna scivolò tra di loro.

Si alzò in piedi, lasciando supplicare il mio corpo.

Le mie dita si strinsero, facendo eco alle costrizioni, profondamente dentro di me.

Mi leccai di nuovo le labbra, sentendo il cuore battere forte.

Fortunatamente, non è stato lungo.

Una nuova sensazione, immagino una sciarpa di seta, mi sfiorai la punta delle dita e abbassai entrambe le braccia allo stesso tempo.

Mi coprì il viso, scivolando lentamente lungo il naso e la bocca per coprirmi il collo.

Quando raggiunse il mio seno, mi inarcai, gemendo.

Lo strofinò avanti e indietro sui miei capezzoli doloranti.

Quindi la sciarpa mi accarezzò l'addome e i fianchi, sfiorandomi brevemente il bacino verso le cosce e i piedi.

Ripeté il procedimento al contrario, facendo attenzione a fermarsi nelle zone in cui gemeva di piacere.

E poi la sciarpa era sparita così velocemente come sembrava.

Ho sentito Harry frugare in un sacchetto di plastica, e poi era di nuovo sdraiato sul letto accanto a me.

Ci fu uno scatto che sembrava un coperchio di plastica.

Ansimai quando qualcosa di freddo mi coprì il seno sinistro.

La sua lingua leccò il mio capezzolo prima di succhiarlo in bocca.

"Ooh!" Mi sono inarcato verso di lui e lui ha obbedito, trascinandomi la lingua sul petto, stringendola con la mano a coppa.

Quando apparentemente mi ha leccato il seno sinistro, si è spostato sul mio fianco destro e ha ripetuto il processo.

Potevo sentire il calore pulsare dentro di me, implorando di essere toccato, e ho piagnucolato.

"Lo so, Deb. Lo so." Mi strinse il petto destro e allungò una mano per baciarmi, infilandomi la lingua nella bocca. "Mmm".

Ho provato il cioccolato e mi sono lamentato.

Mi baciò sul mento e sul collo, accarezzandomi la spalla.

Un freddo flusso di cioccolato mi cadde sulle labbra e io leccai affamato.

Il suo dito si premette tra le mie labbra e l'ho succhiato in profondità nella mia bocca, cancellandolo anche dal cioccolato.

Poi la freddezza mi scorreva sul mento e sulla gola.

Continuò attraverso la scollatura tra i miei seni e circondò l'ombelico.

La sua lingua e le sue labbra seguirono lentamente, facendomi tremare di eccitazione.

I materassi scricchiolarono mentre si allontanava, e poi sentii acqua corrente nel bagno.

Tornò un minuto dopo, facendo scorrere lentamente una salvietta calda sul collo, sul seno e sul ventre.

Il cambiamento di temperatura mi fece sussultare e il mio corpo si increspò.

Si sdraiò di nuovo sul mio lato sinistro, la sua mano tesa sul mio addome.

Mi ha massaggiato per un momento, la sua bocca mi ha coperto il capezzolo sinistro, mordicchiandolo e succhiandolo delicatamente.

Ho provato a chinarmi per far passare le dita tra i suoi capelli, ma le mie mani non sono riuscite a raggiungerlo, ricordandomi che era contenuto.

Mi trattenni in aria, invece, cercando di premere il mio fianco contro di lui.

La sua mano si sollevò e mi prese a coppa il petto.

Ho pianto per l'improvviso morso di un cubetto di ghiaccio che mi sfregava contro il capezzolo.

Mi allontanai, ma non c'era nessun posto dove andare.

L'acqua fredda mi gocciolava sul petto, il ghiaccio avvolgeva lentamente il mio capezzolo.

Faceva male, ma l'improvviso dolore divenne insensibilmente piacevole e sentii di nuovo aumentare il calore tra le gambe.

Piagnucolavo, cercando di allontanarmi ora, stringendo i pugni.
"Shh. Shh".

La sua mano libera mi premette di nuovo contro lo stomaco, tenendomi contro il letto mentre mi succhiava il capezzolo intorpidito, leccando l'acqua.

Si allontanò e un asciugamano caldo mi coprì il petto tremante.

Avrei dovuto essere pronto per lui a spostarmi sul seno destro, ma il cubetto di ghiaccio in lui mi sorprese ancora.

Ho urlato, e ancora una volta, gemevo e mi allontanavo, indipendentemente dai suoi tentativi di calmarmi.

Il forte dolore tornò, stringendo il mio capezzolo, intorpidendo la pelle intorno a lui.

Quando il ghiaccio si sciolse, la sua bocca leccò e aspirò l'acqua, e poi l'asciugamano mi riscaldò il petto.

La mia testa era offuscata ora.

Non riusciva a credere quanto fosse eccitata, ancor più dopo il trattamento con il ghiaccio.

Mi sentivo un po 'in colpa per aver apprezzato il breve dolore.

Il piacere risultante è stato sorprendente.

Ero contento che Harry mi avesse legato i polsi.

Era sicura che avrebbe cercato di fermarlo se avesse avuto la possibilità.

Da quanto tempo siamo qui?

I miei pensieri tornarono al presente mentre il ghiaccio scivolava tra i miei seni.

Ho urlato e inarcato.

Harry mi prese i fianchi tra le mani, tenendomi contro di lui mentre trascinava il ghiaccio su e giù al centro del mio corpo con la bocca, i miei seni che gli sfioravano le guance.

Sentii accumularmi acqua nell'ombelico, che si riversava sui fianchi.

Non pensavo che il mio corpo potesse smettere di tremare.

Quando il ghiaccio scomparve, la sua lingua lo sostituì, leccando la mia pelle ora sfrigolante sotto lo strato freddo di ghiaccio e acqua.

Le sue mani si mossero per stringermi il seno, stringendole mentre accarezzava la scollatura nel mezzo.

Mi ci è voluto un attimo per rendermi conto che era disteso tra le mie gambe.

Immediatamente le avvicinai le ginocchia ai fianchi.

Mi sentivo così bene rannicchiato contro di me dove dovevo essere toccato di più.

Sospirai, dal calore del suo duro nodo evidente attraverso i suoi pantaloni.

La sua profonda risata vibrò attraverso il mio petto.

"Okay. Ho avuto l'idea."

Mi ha rilasciato e mi ha strisciato via dalle gambe.

Mi sono lamentato dell'improvvisa assenza, ma la sua mano sul mio fianco ha calmato il mio corpo contorto.

Le sue dita si facevano strada tra i miei ricci e la mia pelle calda.

Sospirai.

Le mie gambe si allargarono di nuovo.

Una delle sue dita premette contro la mia fessura liscia, toccando brevemente il mio clitoride.

Ho fischiato, allargando le gambe più larghe.

Lentamente mi accarezzò il palmo delle mani sulle labbra esterne.

Di tanto in tanto, si bagnava il dito, trascinandolo da un'estremità all'altra, facendomi sussultare.

La sua mano si fermò, stringendo il mio tumulo e due dita premute, allungando le sue labbra gonfie.

Trattenni il respiro mentre il suo pollice circondava il mio clitoride.

E poi un dito scivolò più in basso.

Ci ha giocato, tracciando il bordo del mio buco desideroso prima di muovermi per sfiorare le pareti delle mie labbra interne.

I miei fianchi sobbalzarono, cercando di costringerlo giù e dentro di me.

La sua mano libera premette i miei fianchi sul letto, e poi mi accarezzò completamente la figa.

Il tallone della sua mano si posò sul mio osso pelvico mentre le sue prime tre dita scivolavano giù, giù per la valle e si rannicchiavano per sfiorare il mio clitoride.

E di nuovo.

È stata una sensazione squisita, che finalmente mi ha fatto toccare, allentando un po 'la pressione.

Le mie mani si strinsero, il mio corpo inarcò, lottando per liberarmi.

Ringhiai, tirando di nuovo la testa sul cuscino mentre spingeva due dita grosse dentro di me e poi succhiava il capezzolo tra i denti.

La sua mano accelerò, premendo forte e in profondità.

La tensione nella mia pancia è aumentata e ho stretto le mie cosce intorno alla sua mano, urlando.

La sua mano si fermò, ma le sue dita continuarono a muoversi, ancora sepolte tra le mie gambe.

Mi ha succhiato sul petto mentre correvo verso il mio primo climax.

Quando presi fiato dopo la corsa, se ne andò.

L'ho sentito di nuovo cercare nella borsa, e poi era disteso tra le mie gambe, allargando le mie cosce.

Il mio respiro accelerò di nuovo quando sentii qualcosa di freddo e cremoso spalmarsi sulla mia figa.

Rabbrividii e succhiai il labbro inferiore, incapace di impedire ai miei fianchi di inarcarsi verso di lui.

Le sue dita mi sfiorarono l'interno delle cosce, quindi premette con un dito, facendolo scorrere nella mia figa da cima a fondo.

Ho deglutito a fatica e ho fatto un respiro profondo solo per farmi scivolare il dito in bocca.

Le mie labbra si chiusero attorno al suo dito.

Gemetti al gusto della panna montata con un tocco dei miei succhi di frutta.

Mentre gli succhiava il dito, lo accarezzò e lo sfiorò, imitando ciò che aveva fatto prima in basso.

Non era difficile pensare a lui che lo faceva con più delle sue dita.

Stavo solo pensando al fatto che mi aveva coperto la figa con la panna montata, e molto probabilmente indovinando il perché, dalla recente esperienza del cioccolato, mi fece sussultare.

Aveva già suonato con me più volte di quanto potesse contare.

E anche se stasera avevo avuto molte nuove esperienze, non avrei mai immaginato un ragazzo che mi leccasse laggiù.

L'ho sentito seduto sul letto, senza toccarmi.

Ringhiò, lungo e basso.

Era il suono più sexy che avessi mai sentito, e non potei fare a meno di ripeterlo.

Lo strato inferiore della panna montata stava iniziando a sciogliersi e gocciolava attorno al mio clitoride.

Mi spostai, gemendo piano mentre premeva più panna montata tra le mie labbra.

Avevo già messo la crema da barba lì prima quando ho provato a radermi la figa, e la sensazione era altrettanto erotica ora, schiacciando e accarezzando la mia pelle sensibile.

"Stiamo diventando un po 'combattenti, vero?"

Emisi un suono incomprensibile di impazienza e lui rise.

Ho adorato la sua risata tanto quanto il suo ringhio sexy.

Ho faticato a deglutire, amando quello che mi stava facendo mentalmente e fisicamente, nonostante la mia frustrazione intermittente.

Harry passou os dedos sobre o meu peito esquerdo, ao longo da curva pesada abaixo, sobre as ondas suaves no topo, delineando a aréola.

Ele segurou e massageou meu peito.

Seu polegar e indicador beliscaram meu mamilo.

Mordi meu lábio para não gritar.

Ele gentilmente esfregou o caroço duro de um lado para o outro, depois apoiou a palma da mão contra ela, aliviando a dor aguda.

Sua mão deslizou pelo decote no meio e roçou no meu peito direito.

Seus dedos me tocaram novamente, eletrificando minha pele, enviando novo fogo entre as minhas pernas.

Quando ele beliscou meu mamilo, eu rolei em direção a ele, desejando que ele colocasse minha boca de volta nele.

"Muito sensível."

Sua respiração roçou minha bochecha, sua língua traçou meu queixo, e então meu desejo estava se tornando realidade.

Seus lábios se fecharam sobre o meu mamilo e chuparam suavemente a dor aguda que ele havia criado.

Eu balancei para frente e para trás, gemendo.

Agora senti o creme batido nas minhas coxas e me perguntei se havia esquecido.

Eu não queria que ele parasse de lamber meu peito, mas de repente eu o queria no chão.

Eu queria saber como é ter a língua dele me provocando lá, assim como ele estava fazendo com o meu mamilo.

Como seria ter a ponta da língua pressionada dentro de mim, seus dentes mordendo minha pele escorregadia.

Ele passou a língua sobre o meu mamilo novamente e depois deslizou pelo meu corpo, beijando e mordiscando e lambendo cada centímetro da minha pele ao longo do caminho.

Em pouco tempo, eu estava deitado entre as minhas pernas.

Ele beijou meus quadris e depois arrastou a língua pela junção entre minhas pernas e pélvis.

Ele adicionou uma nova camada de chantilly, e então seus braços envolveram minhas coxas e as separaram.

Eu gemi, meu corpo convulsionou um pouco.

Senti seu hálito quente contra meus cachos suaves.

Eu chorei quando sua língua saiu e tocou meu clitóris.

Eu abri minhas pernas e ele puxou minha boceta nua para mais perto de sua boca.

Sua língua me lambeu novamente, e eu gemi de alívio.

Seus dedos massagearam minhas coxas enquanto eu lambia mais fundo ao longo da minha boceta.

Ouvi o som suave de sua língua lambendo a mistura da minha umidade e a propagação do creme espalhado.

Sua língua estava em todo lugar, sem perder um estalo.

Foi um processo lento e tortuoso, e rezei para que não parasse tão cedo.

Eu me deixei ir, meus quadris tremendo sob sua boca.

Quando ele chupou meu clitóris, eu gritei novamente.

Quando premette la punta della lingua contro di me, gemetti.

Non ne ho mai abbastanza.

E volevo toccarlo più che mai.

Ho maledetto le mie restrizioni ... eppure hanno alzato il livello di eccitazione allo stesso tempo.

Non ho mai avuto una tale varietà di sentimenti che mi attraversavano contemporaneamente.

Sono venuto una seconda volta quando il suo dito è scivolato di nuovo dentro di me.

Mi ha accarezzato attraverso il mio orgasmo, la sua bocca ancora aderente al mio clitoride, il suo respiro caldo che si mescolava con il mio calore e la mia umidità.

Stavo scendendo dal climax quando ho sentito il cubetto di ghiaccio e ho urlato.

L'avevo spinto dentro di me e l'acqua fredda scorreva tra i miei glutei.

Le sue dita premevano, mantenendo il ghiaccio in posizione, lasciando che il mio calore lo sciogliesse.

Sentii i miei muscoli stringersi attorno alle sue dita, e lui le accarezzò lentamente dentro e fuori contemporaneamente alle mie urla.

Un altro cubetto di ghiaccio si è unito alla scena, questa volta contro il mio clitoride.

Sono caduto in un altro orgasmo, la mia testa che rotolava avanti e indietro tra le mie braccia sollevate, sentendo il ghiaccio e le sue dita accarezzarmi.

La sua bocca mi leccò di nuovo la figa mentre mi dimenavo sotto di lui.

In qualche modo, le mie dita sono riuscite ad afferrare il cuscino.

Penso di aver urlato alcune maledizioni perché Harry ridacchiò e disse qualcosa su di me come 'sei una ragazza cattiva', il suono che vibra contro la mia pelle.

Alla fine mi diede un po 'di sollievo e si allontanò, abbassando le gambe sul letto.

Ansimavo, gli occhi stretti.

Il mio corpo era in fiamme, come se nulla di ciò che avevo fatto finora lo avesse completamente soddisfatto, eppure mi sentivo esausto.

La sua bocca coprì la mia.

Sono riuscito a trovare abbastanza forza per baciarlo di nuovo, assaporando e annusando il mio dolce muschio sulle sue labbra.

CAPITOLO IV

Devo essermi addormentato perché il mio pensiero successivo era chiedermi perché stavo sdraiato a pancia in giù sullo stomaco.

I miei polsi erano ancora legati alla testata del letto, sopra la mia testa.

Ero ancora bendato e ancora nudo, ma mi ero voltato.

Sospirai, sentendo il mio seno schiacciare contro il caldo lenzuolo, il viso raggomitolato su un cuscino che giaceva tra la mia testa e le mie braccia.

Adesso poteva raggiungere le doghe di legno sulla testiera.

Li afferrai leggermente, annusando il sudore e il profumo sul cuscino.

Stavo per chiamare Harry quando sentii un liquido caldo sulle scapole e poi la sensazione delle mani che spargevano il liquido sulla mia pelle.

Puzzava di lavanda.

"Bentornato, Deb. Hai fatto un pisolino." Si chinò e mi baciò sulla guancia. "Ho approfittato della situazione e ti ho trasferito. Ti senti bene? Ti fanno male le braccia?"

Ho sorriso e mormorato:

"Non sto bene".

"Va bene."

Mi baciò di nuovo e poi iniziò a massaggiarmi schiena e spalle.

Le sue dita scivolarono sulla pelle dall'olio.

Le sue mani si premettero delicatamente e mi tirarono sui muscoli, attirando gemiti e sospiri dal profondo dentro di me.

Prima avevo fatto diversi massaggi, ma nessuno era stato così sensuale.

Mi ha emozionato più di quanto abbia alleviato qualsiasi tensione accumulata.

Le sue dita si spostarono sulla base della mia testa, massaggiando il mio cuoio capelluto e dietro le mie orecchie.

Respirai lentamente, ricordando dove altro mi avevano massaggiato le dita.

Quando ha finito con il mio collo, ha alzato le braccia sulle mie mani.

Le nostre dita si intrecciarono, imbrattate d'olio.

Mi ha stretto le mani e mi è tornato sulla schiena e sui fianchi.

Rabbrividii quando le sue dita mi sfiorarono il seno, massaggiandomi l'olio intorno al petto dove le sue dita potevano raggiungere.

Adesso gemeva, sentendo il peso del suo corpo tra le mie gambe, premendomi contro il mio sedere.

Rabbrividii quando sentii il suo nodo indurirsi, ma si ritrasse, lavorando sulle mie gambe ora.

Piagnucolavo, seppellendo la faccia nel cuscino per attutire il suono.

Finì con i miei piedi e lentamente fece scivolare le mani lungo la parte posteriore delle mie gambe, sopra il mio sedere, premendo lungo la parte posteriore della mia vita, fianchi e giù per i fianchi.

Le sue dita mi sfiorarono di nuovo i lati del seno, e poi si distese su di me, la sua bocca contro il mio collo.

Mi spinse indietro i capelli e mi mordicchiò il lobo destro, facendomi gemere.

Sospirai e mossi il mio sedere contro di lui, sentendo la sua durezza pulsare in cambio.

Non voleva implorare, e aveva accettato di non dire nulla, ma era calda e seccata nonostante il massaggio.

Ne avevo bisogno di più.

"Harry?" Ho piagnucolato e inarcato di nuovo.

"Sì, Debbie?"

Sembrava divertente.

Come se mi aspettassi questo.

Si premette contro di me.

Ho ringhiato.

"Per favore?"

Mi leccò il collo.

"Per favore, quello?"

"Per favore..."

"Hmm?" Si alzò, sentii il sussurro dei vestiti, e poi si sedette accanto a me, la sua coscia nuda contro la mia spalla.

La sua mano mi accarezzò la parte bassa della schiena, accarezzandomi il sedere.

"Che cosa vuoi, Deb?"

Non riuscivo a respirare per un momento, sapendo che il suo cazzo era lì.

Ho piagnucolato e poi mi sono morso il labbro inferiore.

"Fammi vedere."

Ha rimosso la benda e ho dovuto sbattere le palpebre più volte per adattarmi alla luce.

Ho guardato la sua spalla nuda e un tatuaggio di filo spinato che circonda il suo bicipite sinistro.

I miei occhi si spostarono verso il basso e sentii qualcosa di profondo dentro di me contorcersi dal desiderio quando vidi il suo cazzo, duro e grosso sulla sua coscia.

Stava indicando direttamente me, la sua testa rosso vivo.

Trattenni il respiro e girai la faccia sul cuscino, afferrando di nuovo le doghe della testiera.

"Questo è tutto?" La sua mano si mosse più in basso, accarezzandomi l'interno delle cosce.

Ho agitato, gemendo.

"Non."

"Cos'altro vuoi, Deb?" La sua voce era più dolce, rauca.

Mi sono costretto a deglutire e ho chiuso gli occhi.

"Tu. Ti voglio. Per favore."

"Così?" Le sue dita scivolarono attraverso la mia umidità, sfregando contro il mio clitoride.

Ansimai, aprendo gli occhi.

In qualche modo, sono riuscito a ritrovare la mia voce.

"Voglio di più."

Mi ha accarezzato lentamente.

Le sue dita affondarono in me.

"Così?"

"Voglio di più."

Ho faticato a mettere le ginocchia sotto di me, allargare le gambe e sentirlo più in profondità.

"Cosa ne pensi di questo?" La sua voce era un sussurro caldo nel mio orecchio.

Sibilai quando lo sentii premere il suo cazzo contro di me, accarezzandola avanti e indietro tra le mie labbra esterne.

"Oh, per favore, sì!"

"Cosa vuoi che faccia dopo, Deb?"

Mi si è congelata la lingua.

Stavo solo pensando a cose sporche nella mia testa.

Non avrei mai immaginato di dire queste parole ad alta voce.

Fino ad ora.

Ma non potrei dirli.

Non potevo ...

Si chinò sulla mia schiena, il suo cazzo appoggiato tra le mie natiche e mi sussurrò all'orecchio:

"Vuoi che ti scopa, Debbie? Vuoi che rallenti davvero?"

Soffocai e poi annuii così furiosamente che mi dolse il collo per lo sforzo.

Ridacchiò, si sedette di nuovo e mi afferrò l'anca sinistra con la sua mano forte.

L'ho sentito muovere il suo cazzo fino a quando non si è posato tra le mie labbra esterne.

La pressione è aumentata.

Tutto il mio corpo si è irrigidito.

Aveva giocato con i giocattoli molte volte, quindi era abituata alle dimensioni del suo cazzo.

Ma avevo solo immaginato come sarebbe sentirsi reali dentro di me.

Nonostante sia eccitato e dilatato, sono ancora preoccupato per il dolore.

Mi ha spinto le ginocchia con le sue e sono scivolate ulteriormente tra le lenzuola.

Premette di nuovo, e questa volta entrò.

Ho soffocato di nuovo, seppellendo la mia faccia nel cuscino, fingendo che fossero le sue dita invece del suo cazzo in modo da potermi rilassare.

E proprio come promesso, molto lentamente, centimetro per centimetro, è entrato nella mia figa calda e bagnata.

Non potevo credere alla sensazione.

Non c'è stato dolore.

Invece, c'era un forte calore pulsante.

E piacere.

Oh che piacere!

Pensavo che non si sarebbe mai fermato, e poi lo ha fatto, ed entrambi siamo rimasti fermi.

"Stai bene Deb?"

Una mano mi stava ancora tenendo l'anca

L'altro mi accarezzò la schiena.

Sono riuscito a dire "Sì".

Poteva solo immaginare la nostra scena erotica: io a quattro zampe, i polsi legati al letto, il sedere sollevato verso di lui.

Si inginocchiò dietro di me, il suo cazzo sepolto in profondità dentro di me, le sue mani sui miei fianchi.

I tremori mi attraversarono.

Non mi sarei mai immaginato sottomesso ... fino a stasera.

Ha iniziato a indietreggiare.

Si diresse lentamente, un po 'fuori, di nuovo dentro; Uscì un po 'di più, completamente indietro, fino a quando non scivolò in modo che rimase solo la testa del suo membro.

È stata un'esperienza impressionante e ho potuto ansimare con poco piacere mentre si muoveva.

Adesso le sue due mani mi afferrarono per i fianchi, e lentamente mi fece entrare e uscire, facendo oscillare il mio corpo avanti e indietro contro di lui.

Prese il passo e mi ritrovai a muovermi proprio come volevo.

Quando premette fino in fondo, fermandosi per dare una spinta ancora più profonda, seppellendo le sue palle contro il mio sedere, gemetti più forte.

Ho perso la cognizione del tempo, godendomi solo le sensazioni:

Le sue mani sul mio corpo.

Il suo cazzo dentro di me.

Il suono ovattato di lui scivola nella mia figa.

Il cuore mi batteva in testa.

La nostra respirazione pesante.

Non so se abbia detto qualcosa, ma ero così concentrato sulla pressione crescente dentro di me che non credo che lo avrei sentito se avesse avuto.

Non aveva aumentato la sua velocità in ogni momento.

Così l'intera esperienza si intensificò, il piacere acquisito.

Si spostò leggermente, forse per allentare la pressione sulle sue ginocchia.

Non importava perché lo avesse fatto, ma si trasferì anche dentro e io urlai, rendendomi conto che aveva colpito il mio punto G.

Si fermò nel suo ritiro.

"Debbie? Ti ho fatto male? Stai bene?"

"Là!" Era tutto ciò che potevo dire, ansimavo in gola, spingendolo silenziosamente a continuare.

Afferrai le stecche della testiera e provai a spingerlo contro di lui, ma le sue mani mi fermarono.

Si spinse in avanti e io urlai quando lo colpì di nuovo.

"Là!"

"Ah. Ce l'ho, Deb. Ce l'ho."

E lo ha fatto.

Ancora e ancora, scivolò in profondità in quel punto perfetto.

Il limite si stava avvicinando sempre di più.

E poi mi sono capovolto, urlando fino in fondo.

Sono crollato contro il letto, ma lui ha continuato ad accarezzare, sussurrando parole di incoraggiamento.

Capiva a malapena quello che stava dicendo, ma la sua voce profonda era confortante.

Sentii le sue mani stringermi più forte.

I suoi fianchi si sono schiantati sul mio sedere, una corrente calda è penetrata profondamente in me, ho pianto con lui e poi siamo rimasti fermi.

Sorprendentemente, ha ricominciato ad accarezzarmi, più lentamente di prima, e ho avuto un altro orgasmo.

Mentre mi stringevo sotto di lui, Harry mi allungò una mano e mi slegò i polsi.

Sono caduto dalla mia parte.

Mi spinse di nuovo contro il suo petto, ancora dentro di me.

Mi vennero le lacrime agli occhi quando una delle sue mani mi coprì il petto e mi accarezzò.

L'altra mano è caduta per stringere il mio tumulo, le sue dita scivolano tra le mie cosce per strofinarmi il clitoride.

E sono venuto per la quinta volta.

Ad un certo punto, gli ho tolto le mani.

Ho sentito il suo cazzo scivolare fuori da me e mentire contro la mia gamba.

Diffuse baci sulla mia scapola e mi tenne in posizione cucchiaio contro di lui.

Quando tornai alla realtà e ripresi fiato, mi voltai a guardarlo.

Le sue braccia mi circondarono e mi avvicinarono.

"Non usiamo la vasca idromassaggio" mormorai contro la sua spalla.

"Cosa, non c'è abbastanza piacere per una notte?" Ridacchiò e mi premette le labbra sulla fronte, sfiorandomi i capelli dietro l'orecchio. "Il check out dalla stanza non è fino a mezzogiorno domani. Quindi abbiamo un sacco di tempo."

Ho appoggiato la testa all'indietro in modo da poterlo guardare negli occhi scuri.

Sembravano pesanti, assonnati come il mio.

Sono riuscito a nascondere il mio sbadiglio con un sorriso.

"Bene, perché mi manca la mia vendetta e sono una cagna."

FINE

49

DOMINANDO SUSAN.
IL NUOVO LAVORO
(DOMINAZIONE EROTICA)
DI
ERIKA SANDERS

PREFAZIONE

Robert è un maturo uomo d'affari di successo, sposato con un figlio della stessa età di Susan.

Le loro famiglie sono amiche da molti anni e lui l'aveva vista diventare una giovane donna adorabile.

Aveva sempre mostrato un'amicizia aperta nei confronti della ragazza e, negli anni, l'aveva resa consapevole del suo affetto per lei.

Segretamente, il suo rapporto amichevole e il suo affetto per la ragazza nascondevano i suoi tanti desideri oscuri, senza alcuna possibilità di realizzarli.

La sua totale sottomissione a lui era l'unico sogno, nei suoi pensieri più oscuri e quello che desiderava si avverasse.

Susan è una ragazza, appena laureata, con una laurea in economia in mano e desiderosa di conoscere il mondo.

Sta per iniziare il suo primo vero lavoro, una posizione offerta da Robert, un amico di famiglia, per rispetto del padre e riconoscimento delle sue capacità.

Ma anche, a sua insaputa, alimentato dal suo desiderio di possederla.

È una ragazza carina, sensuale ma dolce che ha lo stesso fidanzato, Peter, sin dal suo primo anno di college.

Sono avventurieri, ma non disturbano mai il loro mondo.

Sa quello che vuole, o pensa di sapere, ma è davvero abbastanza obbediente nel lasciare che gli altri la guidino attraverso i sentieri della sua vita.

IL NUOVO LAVORO

Si ferma davanti all'edificio, i suoi occhi fissano la facciata in acciaio e vetro.

Guarda tutti gli uomini e le donne ben curati e frettolosi entrare e uscire dall'ingresso.

Guarda il suo tailleur con la gonna corta, accelera ed entra.

Si sente piccola e un po 'intimidita dagli uomini che torreggiano sopra il suo metro e ottanta mentre sale sull'ascensore ed entra negli affari del suo nuovo datore di lavoro.

Guardandosi intorno, lo vede al banco della reception parlare con una donna bionda bomba e ridacchiare civettuola, il suo sorriso gli illumina il viso mentre si gira verso di lei.

Arrossisce senza sapere perché e si avvicina a lui con i tacchi che battono sul pavimento di piastrelle.

Il suo braccio le circonda le spalle in modo protettivo mentre la presenta alla ragazza alla scrivania.

"Anne, questa è la mia piccola Susy!"

Arrossisce, poi si raddrizza e stende la mano.

"Ciao, in realtà mi chiamo Susan, piacere di conoscerti."

La dirige con una mano costante sulla sua spalla a vari reparti e altri dirigenti.

La presenta come Susan, di cui è grata, e che vuole mettere i suoi modi migliori in questo mondo di grande rivalità.

Rimane vicino a lui tutta la mattina cercando di memorizzare un'ampia varietà di nomi prima che lui finalmente la conduca nella sua suite dell'ufficio.

Le mostra la scrivania nell'anticamera che sarà sua per la maggior parte del tempo che lei sarà qui.

Mette via la borsa e fa scorrere delicatamente le dita sui mobili scelti con cura.

Viene condotta nel suo ufficio dove lui indica gli opulenti mobili scuri, tutti in pelle e mogano.

"Ed è qui che lavoro."

Lasciandole il fianco per la prima volta, si siede alla sua scrivania.

Si sente stranamente sola in questo grande ufficio davanti a lui.

Prendendo alcune chiavi, continua a parlare:

"A sinistra, dietro la sala giochi, si trova una porta di una piccola cucina. Questo spesso intrattiene i clienti. Il frigo bar dovrebbe essere sempre rifornito con ciò che è sulla lista, e c'è anche un menu Devi imparare a cucinare tutti i piatti, nel caso il cuoco non fosse disponibile. Lo inserirò nel tuo programma di formazione ".

Si era mosso velocemente dietro di lei spingendola verso la porta e aprendola.

Con gli occhi spalancati e in soggezione per le dimensioni dell'azienda e degli uffici che possedeva, tutto ciò che può fare è annuire scioccamente.

"Sarà così."

"Sissignore," dice con un sorriso, ma la severità della sua voce la scuote.

"Si signore ". Lei risponde automaticamente.

Prendendola per un braccio, esce dalla cucina e la conduce in un'altra camera da letto con la porta sulla stessa parete.

"E questo è il mio bagno privato, puoi usarlo, ma solo con il mio permesso, capisci Susy?"

Annuisce di nuovo senza parole all'opulenza di questo bagno, riprendendosi quando lo sente irrigidirsi, balbettando:

"Si signore".

Sorride alla sua obbedienza.

"Userai il bagno dei dipendenti in fondo al corridoio se hai bisogno e io non sono qui."

Questa volta è più veloce.

"Si signore".

Dall'altro lato della stanza, due camere da letto simili con le porte che ti mostra.

"Questa è una sala riunioni privata," guarda rapidamente mentre lui la spinge via, "... ed è qui che mi riposo se ho bisogno di passare la notte in città."

La stanza era buia e un grande letto a baldacchino e strane panche si profilavano nella grande stanza.

Aveva appena il tempo di sentirlo prima di chiudersi la porta.

La riporta alla sua scrivania, accende il computer e mostra il suo servizio di messaggistica personale dal suo ufficio al suo computer che dovrebbe essere sempre acceso e aperto.

Contento del "Sissignore" appropriato al momento giusto e della sua naturale inclinazione ad essere d'aiuto, la lascia sulla scrivania per familiarizzare con il suo nuovo ambiente.

Mette alla prova la sua attenzione inviandole piccoli messaggi istantanei e sorride alle sue risposte immediate mentre legge i compiti e le diverse volte di cui si è lamentata alla sua scrivania.

LA VERA OCCUPAZIONE

Era paziente e gentile mentre conosceva il suo nuovo lavoro nella sua azienda.

Le parlava spesso attraverso la schermata della messaggistica istantanea durante i periodi in cui non era in riunioni o fuori dall'azienda, chiedendole della sua famiglia, degli amici, di come andavano le cose con il suo ragazzo, facendola sentire come lei Vedi il tuo amore e il tuo genuino interesse per la sua vita.

Durante le prime impegnative settimane della sua formazione, si è preso il tempo per consultarsi con lei e, se necessario, adattare il programma, diventando il suo mentore, il suo amico e talvolta una figura paterna severa.

Ha scherzato con lei, ha giocato e chiacchierato amabilmente.

Le conversazioni divennero gradualmente più intime col passare del tempo.

Giocavano a obbligo o verità spesso al computer e nel gioco le loro domande diventavano più personali e dirette.

Poi si fermò leggendo la sua ultima risposta.

Si era aspettato che accadesse qualcosa del genere, ma non si aspettava mai che accadesse.

Qui stava recitando la verità e qui c'era la possibilità di osare di nuovo con lei.

Ha sempre scelto la verità ... e ha appena confessato di essere stata sculacciata dal suo ragazzo, e che le è piaciuto.

Con questo, avrebbe iniziato a realizzare il suo sogno.

Sapeva che probabilmente non avrebbe mai più giocato a questo con lui, e quasi si tirò indietro, pensando che voleva smettere, o peggio, dirlo a qualcuno in compagnia e poi alla sua famiglia.

Tuttavia, ha dovuto voltare pagina.

Il suo desiderio di lunga data lo spinse e iniziò a scrivere.

Non aveva scelto di osare, ma lui ha continuato a scrivere ...

***

"Ti sfido a lasciarti sculacciare, Susy."

Fissava, non poteva credere a quello che stava leggendo.

Si era avvicinata a lui, lo adorava e il modo in cui si prendeva cura di lei e la faceva sentire così speciale, quasi come suo padre.

Forse stava ancora scherzando con lei, non credendo a quello che gli aveva detto sul loro appuntamento la sera prima.

La sua mente corse al pensiero di come si era sentita a essere stata sculacciata dal suo ragazzo e si dimenò sulla sedia quando si rese conto che aveva bisogno di rispondere.

Fissò lo schermo, la casella dei messaggi vuota, per ora, in attesa della sua risposta.

***

Ha iniziato a dare di matto, ma poi ha visto che stava scrivendo.

Il suo cuore batteva forte e fu preso dal panico, prima di vedere finalmente cosa stava scrivendo.

"Si signore."

Ha digitato velocemente, spingendo lei e la sua fortuna ad agire:

"Allora entra nel mio ufficio e chiudi la porta. Quando entrerai nel mio ufficio obbedirai a tutti i miei ordini, ti stenderai sulle mie ginocchia senza parlare e ti sottometterai alle mie sculacciate."

***

Sbatté le palpebre alla sua risposta.

Questo gioco stava diventando serio, ma era solo un gioco, giusto?

La stava mettendo alla prova?

Dovrei tornare indietro?

Erano entrambi nervosi e tesi per i loro motivi, incollati allo schermo del computer.

Non voleva essere la prima a tirarsi indietro e farsi prendere in giro da lui.

Lei scrisse:

"Si signore".

***

"Allora vieni nel mio ufficio, Susy, e chiudi la porta."

Non ci fu risposta, ma si precipitò nel suo ufficio e chiuse la porta come un coniglio spaventato, incredula di ciò che aveva appena accettato, pensando che lui stesse ancora giocando con lei.

Era seduto apparentemente immobile mentre il suo corpo soffriva per lei, vedendo la sua paura, confusione e il calore nei suoi occhi che la faceva andare avanti.

"Il mio grembo sta aspettando"

Fece un passo avanti e lui alzò la mano, fermandosi a metà passo.

"Hai accettato di obbedirmi entrando in questa stanza, vero?"

Visibilmente tremante, sussurrò:

"Si signore".

Indicò il terreno, si stava incoraggiando, e ringhiò,

"Striscia verso di me."

Guardò mentre osservava le emozioni giocare sul suo viso, riluttanza, paura, paura, eccitazione e infine sottomissione.

Lasciò uscire il respiro che stava trattenendo mentre guardava l'inizio del suo sogno che si avvera, il suo piccolo corpo cadere sulle ginocchia e poi nelle sue mani mentre iniziava a strisciare verso di lui.

Sentì il suo cazzo contrarsi alla vista di lei.

Finalmente era sua, anche se solo per quel pomeriggio.

***

Non poteva credere che lo stesse facendo, quest'uomo che aveva conosciuto da tutta la vita stava per sculacciarla davvero.

Il gioco era andato troppo oltre, ma perché non lo aveva fermato?

Si rende conto che lo voleva!

Oh Dio, lo voleva?

C'era qualcosa di sbagliato in lei?

Perché ti sei sentito così?

I suoi occhi si fissarono sul suo corpo forte nella sua grande sedia mentre raggiungeva i suoi piedi e scivolando come un serpente si mosse sulle sue ginocchia.

Sapeva che era sbagliato, ma non poteva farci niente.

Senza parole, senza discutere, senza accarezzarla perché era una brava ragazza, la sua mano le sbatté forte nel culo e lei strillò.

* * *

Guardò il bellissimo angelo che strisciava verso di lui, la sua mente che andava nei luoghi più bui e doveva indietreggiare, così giovane e impressionabile che non si rendeva conto del suo valore.

Ha usato tutta la sua forza di volontà per rimanere impassibile mentre lei scivola sulle sue ginocchia, sicuro di poter sentire questa durezza nello stomaco mentre le solleva la gonna, rivelando un perizoma rosa, alza la mano e la colpisce con tutte le sue forze. .

Anche solo per questo una volta gli è piaciuto.

Guarda i suoi muscoli tesi che si increspano sotto l'attacco e le impronte delle sue mani brillano di rosso sulla sua pelle bianca.

Lei strilla e sussulta:

"Ohhhhh, Oh, faaaa maleeee ".

Lei strilla e torce le gambe scalciando mentre lui la frusta di nuovo profondamente.

* * *

Perde le tracce della sculacciata mentre il dolore riempie il suo corpicino e la riscalda.

Nota il calore che inizia nella sua piccola figa e l'umidità sulle sue cosce mentre lui la frusta.

Persa nel suo calore e nel bisogno di urlare, piccole lacrime le rigano le guance.

***

La sua mano diventa insensibile mentre la frusta con forza assaporando la tensione dei suoi muscoli duri, le sue urla e le sue suppliche di smetterla di sculacciarlo mentre dipinge il suo culetto di rosso brillante.

Si ferma quando la vede bagnata tra le sue gambe, incredibilmente, il suo corpicino che sussulta sulle sue ginocchia.

***

La sua mente è bloccata nel potere di quest'uomo mentre sussulta e urla.

Mentre lui continua a frustarla forte e veloce, il suo corpo prende il sopravvento mentre la sua mente vacilla, sente il calore e il bisogno represso di un fidanzato eccessivamente inetto e persa nella sensazione del suo arrivo, che diventa duro e il suo orgasmo cede. spruzzandole sulle cosce con questa semplice sculacciata.

Sente che si ferma e muore dentro.

La sua vergogna la riempie mentre trema in grembo, ansimando e singhiozzando.

Il calore del suo rossore le riempì il viso, così imbarazzato, come avrebbe potuto farlo?

***

Sorride vedendo il suo viso arrossire per l'imbarazzo, tenendola ferma, sapendo che questo è il suo momento.

"Durante la prossima settimana, diventerai il mio schiavo. Questa sarà la tua occupazione reale. Mi obbedirai in tutto ciò che ti comando. Rimarrai in vista in ogni momento e chiederai il mio permesso di partire, se necessario, anche solo per vai in bagno, ti possederò e tu mi obbedirai, alla fine della settimana ne riparleremo.

* * *

Sdraiata sulle sue ginocchia sentendo l'orgasmo prodotto dalla sua sculacciata, ascolta le sue parole.

È un'affermazione, non una domanda.

Si rende conto che non gli ha dato opzioni.

Inclina la testa per la vergogna, tremando per quello che ha appena fatto.

E lei geme:

"Si signore"

.

QUESTA STORIA CONTINUERÀ NEL PROSSIMO VOLUME: LE REGOLE